KB076209

강인숙 作 〈칸나〉 24.2×41.0㎝

죽고 못 사는

한국정형시 007

죽고못사는

1판 1쇄 인쇄 | 2016년 07월 01일
1판 1쇄 발행 | 2016년 07월 05일
지 은 이 | 최영효
펴 낸 이 | 이영희
펴 낸 곳 | 이미지북
출판등록 | 제324-2016-000030호(1999. 4. 10)
주 소 | 서울특별시 강동구 양재대로122가길 6(길동) 202호
대표전화 | 02-483-7025, 팩시밀리 : 02-483-3213
e-mail | ibook99@naver.com

ISBN 978-89-89224-34-1 03810

경남문화예술진흥원 경상남도 한국문화예술위원회

* 이 시집은 2016년 경남문화재단 창작기금 지원으로 제작되었습니다.

이 도서의 국립중앙도서관 출판예정도서목록(CIP)은 서지정보유통지원시스템 홈페이지(http://seoji.nl.go.kr)와 국가자료공동목록시스템(http://www.nl.go.kr/kolisnet)에서 이용하실 수 있습니다. (CIP제어번호 : CIP2016014923)

이미지북

죽은 나무에게 묻는다

얼마나 많은 바람이 너와 함께 울었느냐

죽어서 산 자들의 침묵 속 함성들아

허물만 남기고 떠난 그 겨울 기억하느냐

부러진 가지들아 짓밟힌 시간들아

뜨겁던 위증 앞에 잊혀진 이름들아

도끼에 찍힌 생살을 너는 증언할 수 있느냐

2016년 여름
최영효

제1부 | 죽을지언정 죽고못사는

제2부 | 허풍이것소 단풍이것소

제3부 | 오동지 육섣달에도 님 오고 님 가는 길

제4부 | 아직도 붉은 거짓말

제5부 맹독 같은 맹목의 사랑

제1부

죽을지언정 죽고못사는

면역체에 관한 체험적 연구 | 개살구 | 일고수 이명창一鼓手 二名唱 | 천둥소리 | 자고 니러 울어라 새여 | 짱뚱어 | 그래봤자 | 1004 일수 | 진도아리랑 | 연탄 | 3류 가수 | 괜찮다 | 죽고못사는

면역에 관한 체험적 연구

항체가 생길 수 없는 그런 병을 앓고 싶다
관절이 다 닳아도 퇴행 없는 이 그리움
첫사랑, 그 한 번의 화인
해독 없는 독극물

불치의 고질병에 면역체가 사라진 후
실패가 이별을 낳는 나는 비련의 남자
치명적 맹독 항체와 동지처럼 살고 있다

마지막 독배를 들고 불멸을 꿈꾸는 밤
내 사랑 유배를 가고 나는 망명을 떠나리
하나도 외롭지 않고
하나도 그립지 않다

개살구

잎 먼저 꽃이 피는 칠삭둥이 개살구야

피어봤자 눈시울 젖지 익어봤자 개꿈만 꾸지

쓰다 만 이력서 뒤에 발목 부은 여름만 가지

일고수 이명창一鼓手 二名唱

첫잠 깬 산골 물이 청계호로 흘러와서 쩡, 하고 아가미 열어 겨울을 들었다 놓자

청계산 재채기 소리 엄동을 벗는 소리

하마 올까 기다리던 둔철산 너럭바위가 오금을 바투 앉아 떼소리로 받아 넘기면

왕산은 되받아 쳐서 화개리 부황을 뜬다

필봉은 눈밭을 갈고 웅석봉 뿔을 세워 냉가슴 무덤 헤쳐 울리고 울어라 봄을

일고수 이명창인데 절창 아니면 또 어떠랴

천둥소리

어딘가 불씨가 있다 어딘가 소리가 있다
마음 속 깊은 곳에 뜨거운 휴화산처럼
저 하늘 먹구름 속에 천둥이 숨어 산다

하늘이 입을 닫아도 우리는 알고 있다
바람이 길을 막아도 우리는 가고 있다
어제는 얼어 죽어도 오늘 또 보리를 심고

주인 없는 이 땅에 하늘은 누구 것이며
역사는 누가 만들고 보리는 누가 거두나
어딘가 사람이 없다 천둥 같고 벼락 같은

자고 니러 우러라 새여

보이네, 다 보이네
덤불 밑 눈 뜨는 쑥잎
산그늘 잔설 아래
찔레순 속눈 트는 날
빈 가지 앉았던 바람 떠난 사람도 그립네

들리네, 다 들리네
얼음장 몸 푸는 소리
지난 밤 웅어리 풀고
깃을 펴는 까투리 한 쌍
너는 날 속일 수 없네 ㅅ ㄹ ㅎ ㅇ ㅅ ㄹ ㅎ

알겠네, 내 알겠네
미웁던 정 내 다 알겠네
헛디딘 발자국 따라
돌아오는 나를 보네
머나먼 그대 음성도 닫힐 듯 다시 열리네

짱뚱어

연금도 없는 것들 강진만 갯벌에 산다
보험도 안 든 것들 맨몸 맨발로 산다
가슴을 널배로 띄워 땡볕에 코를 묻고

월세나 전세 없는 땅끝 뻘밭에 살아라
해고나 실직 없이 오체투지로 살아라
그 겨울 동백꽃 져도 붉은 먹물 갈던 산아

눈 감고 사는 것들아 눈 뜨고 죽은 것들아
그 길이 죽음이거든 사랑의 피로 거두고
그 길이 생명이거든 눈물의 육필로 써라

그래봤자

대평들 돌개바람 냉이 눈 감겨봤자 제비꽃 애기똥풀 버려진 천둥벌거숭이들
아무리 기죽여봤자 산수유꽃은 핀다고

소주 니 심각해봤자 울컥벌컥 울어봤자 명퇴란 허명으로 쉰 고개 막아봤자
썰물이 가고 난 자리 밀물은 또 오는데

막노동 새벽길에 삽바 잡고 시비하며 슬픔아 외로움아 아무리 빌붙어봤자
내 사랑 꼭 돌아온다 겨울 니 그래봤자

1004 일수

백만 원을 그렁께, 쪼개서 갚는 기라 숨가쁘모 안됭께 하루에 단돈 만 원씩
목돈을 푼돈 만들어 행팬대로 내는 기라

니캉내캉 우리 사이에 인감 보증이 필요하겠나 줄 듯 말 듯 밀고 땡기모 살 저미고 피 마르제
밥 사고 술 안 사도 되이 발품이 하모, 쪼께이 높제

갚다가 힘 부치모 하루 이틀 늦겠지마는 신용이 밑천이라도 그 팬리야 정 아이겠나
하루도 결석 안 하모 내 이틀 치는 빼주께

보이소 천사이모요, 그 돈 격이 높아도 몸 파는 하루살이 피도 팔아 일수 사라꼬요
그라모 내 몸 살라요, 일년치는 공짜요

진도아리랑

진도엔 썰물과 밀물 쌍끌이 사랑을 한다
오월엔 보리숭어 애간장 사랑을 하고
파도는 휘돌아 울며 앙가슴 사랑을 한다

아직도 그 파도는 밤에도 잠들 수 없어
파랑이 일어서면 어깨춤 하얗게 솟아
퍼렇게 멍든 자국에 어금니로 부서져 운다

누군가, 이곳에서 죽음과 사랑을 한 이
목숨 하나 사랑 하나 그 밖엔 병법이 없어
열두 척 사슬로 엮어 바다를 울게 한 사람

연탄

누구든 내 앞에서 소신공양을 말하지 마라
이 몸 안과 밖이 시커멓게 생겨 먹어도
법명은 구공탄 2호
육십 년 청춘이다

옥봉동 오르막길 그 육십을 오르내리며
전쟁과 혁명을 묻고
진보와 보수를 거쳐
아랫목 절절 끓여서 핏덩이도 키웠다

외풍이 들며 나며 윗목에서 자고 가던
바람은 알고 있느냐, 비운의 이 통사를
힘없는 오줌발 보면
울음이 탄다 울음만 다 탄다

3류 가수

기꺼이 말하자면 3류도 아닌 4류다
3류는 7080 밤무대라도 서지만
백바지 기름기 빠진 그야말로 맨바닥이다
내 언제 음정이나 박자를 배웠으랴
18번 몇 곡뿐인 번지 없는 주막이지만
온 몸이 불꽃으로 타 내 노래를 부르고 싶다
록이니 발라드니 비트를 논하지 말자
뽕짝은 살아 있고 그게 내 직업이니
기왕에 폼생폼산데 언더라 불러다오
애들과 마누라와 잠자리는 묻지 마라
과거를 묻어두는 게 이 바닥 불문율이다
만인의 심금을 울릴 18번이 되고 싶다

괜찮다

괜찮다 괜찮을 거야, 푸른 남강을 보아라
병동 앞 나뭇가지에 까치는 새 집을 짓고
저기 봐, 가지치기로 봄을 여는 시린 손들

지난 봄 멸치 등뼈도 곰삭아 맛 들었는데
은행 빚 조금 있다고 무릎 꿇고 앉지 마라
불치도 난치도 아닌 유행성 독감일 뿐

가뭄에 씨 마르고 불황의 목이 길어도
물때를 기다리면 썰물도 다시 오는 것
괜찮다 괜찮고말고, 회오리도 지나갈 거야

죽고못사는

팔랑나비 유채꽃 찾아 십 리 길도 오 리인 듯 하루에 서너 번이 그 하루에 서른 번 넘게

가다가 다시 와서는 영영 다시는 안 갈 듯

이제야 서로 만나 어떻게 살았느냐고 얼싸안고 맴을 돌며 얼마나 그립더냐고

하늘로 내리꽂다가 절벽으로 솟구치다가

깨물고 깨물어도 아프지 않은 속살 날갯짓 자지러지는 달디단 햇잎 입술

목매는 마음 같이야
죽을지언정 죽고못사는

제2부

허풍이것소 단풍이것소

논객

논객은 두 자루 검에 허기의 날을 세운다

논객은 평화의 검을 마음에 품고 떠난다

논객은 천둥을 베고 번개처럼 일어선다

논객은 귀와 눈으로 양날의 칼을 간다

논객은 불의를 쫓아 신검을 휘두른다

논객은 위선의 땅에서 난세를 평정한다

논객은 혀가 녹슬고 칼끝이 휘어진다

논객은 자객이 되어 정의의 칼을 버린다

논객은 자결을 한다, 허물만 벗어 놓고

품앗이

딱 한 번 외박을 하다 아내한테 들통 난 남편 상가에 문상한 뒤 친구와 잤노라니

석 자도 넘는 꼬리에 뒤꿈치 먼저 밟힌다

이튿날 친구에게 확인 사살하는 아내, 철없는 우리 남편 결례가 많았죠, 하니

의리의 세 친구 모두 함께 잤으니 걱정 말라고

사내들 우정이란 천 년 만 년 간다는데, 그 사내 셋만 모이면 역적모의도 해치우는데

아무렴 괜찮고말고, 그게 훗날 품앗이니까

천왕봉

단 한 번 거역의 칼 높이 든 적 있었다
수결을 놓기 전에 머리 감고 흰 옷 입고
붉은 피 먹으로 갈아
단성소丹城疏를 올린다

마른 붓 세워 들면
칼이 되고 죽창이 된다
백성이 하늘이고 하늘이 백성인데
세상이 다 아는 일을 임금만 왜 모르나

잊지 마라,
하늘이 울어도 울지 않겠다*는 말
사랑은 피와 살 뼈가 전부는 아니다
등뼈를 곧추 세워라,
내일이 멀다 내일은 높다

* 단성소丹城疏 : 남명 조식 선생이 명종에게 올린 상소문.
* 남명 선생의 시 〈天鳴猶不鳴〉에서 따옴.

오늘은 금요일

돌솥밥 간장게장 아구찜 삼겹살도
목을 삐죽 내밀다가 서로 눈 마주치다가
한숨만 푹푹 쉬다가 졸다가 시어터지다가

규제는 다 풀리고 바닥을 쳤다는데
돈이란 적혈구라서 그게 붉어야 산다는데
오늘은 금요일인데 비는 왜 구시렁대나

가마솥 설렁탕은 씨펄씨펄 혼자 끓다
저 혼자 열 받다가 벌컥벌컥 넘치다가
소주만 병나발 불며 울컥울컥 우는 밤

먹감나무

아들은 먼저 떠났다, 누이도 따라가고
먹기 위해 살기 위해 천둥만 남은 골에
주렴의 문을 잠갔다, 마른침만 삼켰다
감꽃이 도리질하다 곡기 끊은 오월에
동구까지 손을 뻗다 팔 부러진 먹감나무
아무도 병을 모른 척 입 다문 사람만 안다
수취인 불명으로 선혈이 된 감잎 스무 해
눈물과 울음 사이 기다림의 여울목에
징검돌 없는 강물을 몇 천 번 건넜을까
냉가슴 석삼년에 귀머거리 또 석삼년
말문을 닫아 걸고 십자수로 새긴 문신
하늘에 떠돌지 않게 가슴에만 묻었다

물결 위의 대위법
—박노정

친일을 걷어차고 물어 낸 벌금 오백만원정

옥살이 파란 곡절
풍랑이 휘몰아온다

이 파고,
파란 중첩의 생

그대 어디로 흘러가려나

등뼈

등뼈가 휘어졌다
5, 6번 사이란다
한 생을 일으키고 곧추세운 등 뒤의 힘
헛기침 마른 숨소리도 고르게 달래주던

객기가 일어서면 그저 가만 있으라고
다만 허리 위쪽을 너무 굽히지 말라며
필생의 푸른 결기로 등불을 내걸던 기둥

요추와 경추까지 기울지 않게 줄 고르며
열두 줄 파란만장을 조였다 푸는 한밤
헛것은 앞에서 웃고
참사랑은 뒤에서 운다

에페퉤퉤

1. 노인들이 못줄도 없이
   들판에 모를 낸다

   한 뼘쯤 오른쪽으로, 물러서 뒷걸음치며

   씨줄과 날줄로 엮은
   온 들이 신의 손이다

2. 냉장고 한 대 팔면
   미국 쌀 백 가마 사서

   배불리 등 따습게 오천만이 허리 펴는데

   본전도
   안 되는 농사 에페퉤퉤 뱉어라

3. 부산에서 시집 온 아내
   쌀을 살이라 한다

한평생 쌀장사를 한
장인의 살이었던 쌀

그렇지, 살이고 말고, 오천만의 피였지

귀농일기

고구마 순이 뻗어 불알이 탱탱 여물고
알 하나 태어나서 암탉이 되기까지
하늘은 보름달을 보내 여섯 번의 점고를 한다

유정란 한 꾸러미 이천 원을 손에 쥐고
미쳤지, 내가 미쳤어, 명치에 붓는 막걸리
그래도 땅심만 믿고 비탈마다 심는 내일

한밤중 횃대 위에 수탉놈 신방을 차려
칠거지악 불문율을 경으로 가르칠 때
하품을 한 입 베어 물고 영농일지를 적는다

참새가 전깃줄에 앉아

한낮에 떠도는 말 귀 열고 들어봤능교
불륜의 족쇄가 풀려 수캐들이 설치는데
그기요 밤이 아이고 낮이라 카던데요

자유의 왈츠가 피는 낮거리 연회장엔요
평등의 주제곡이 창틈으로 흘러서
풀섶에 망초꽃들도 자지러졌다 안카요

멍울이 터졌으니 못 필 것도 없지마는
피붙이 살붙이뿐인 이 세상 우찌 될낀지
가뭄에 둑 터지고말고, 내 말 틀린가 보이소

통일론

농부는 논두렁에 콩 세 알을 심었다

한 알은 벌레가 먹고
한 알은 날새가 먹고

한 알은
싹을 틔워서

남과 북이 나눠 먹지

붉은 청바지

흐리고 우울한 날엔 청바지를 입어라
낡아도 질긴 근성 청춘보다 더 푸르러
두 손을 호주머니에 푹, 찌르니 참 붉다

너 헤진 자국마다 상처가 스쳐가고
불꽃이 밤을 태워 하얗게 새벽이 와도
슬픔은 아름다웠다 고뇌도 희망이었다

가난과 이별과 실패의 마른 눈물
아플 것 하나도 없다 아직도 붉은 청춘 너
옹이는 오래 굳어야 맨발로도 뛸 수 있다

벽소령 가을

여기요 벽소령인데, 일 났소 일 났다카이
밤새 골짝을 따라 빨치산이 닥쳤는지
가슴에 징소리가 나서 감당이 불감당이요
올 여름 땡볕이 술지게미를 먹었는지
소낙비 사흘 멀다고 정찰을 왔다 가더이
공비가 해코지를 놓아 앞산 뒷산 불바다라요
죽창에 따발총 든 인공은 봤지만서도
꽹과리에 상모 도는 혁명군은 처음이라서
자라에 놀란 사람들 솥투껑에 나자빠졌소
이보소 대답 좀 하소, 수색은 언제오능교
머라꼬, 벌건 대낮에 내 거짓말 한다고
그 말이 풍이라카모, 허풍이것소 단풍이것소

제3부

오동지 육섣달에도 님 오고 님 가는 길

하늘 천 | 쓰르라미 울음 | 비타 500 | 비봉산 | 누구 없소 | 청춘별곡 | 지권인智券印 석남사 비로자나불상 | 달은 지다 | 지금 니 머하고 있노 | 천지삐까리 | 경상도 사랑 | 육쪽마늘 | 야생일지

하늘 천

앞뒤도 모르는 것들 하늘만 하늘만 본다
보지도 듣지도 않고 바람만 바람만 잣다
하늘 밑 천 길 벼랑에 목숨 건 칡넝쿨 하나
씀바귀 엉겅퀴 같은 빈 들판 군상들 앞에
하늘을 바꾸지 못해 하늘만 쳐다보는데
성경만 외우는 놈들, 천불만 세우는 놈들
왜 살고 왜 죽는지, 왜 죽지도 못하는지
탱자도 모르면서 좆도좆도 외치는 놈들
제 밑동 썩은 것들이 하늘 천 하늘 천 한다

쓰르라미 울음

봄 가고 여름 오는 것 역마살 때문이다
역마살 때문이다, 붙박이로 살 수 없는
허물은 왜 벗어놓고 울음은 왜 남겨두고

가두면 가둘수록 깊어지는 못물의 슬픔
저도 깊이를 몰라 제 속만 들여다보다
울음만 길어 올려서 울음만 일렁거리는

세상은 울 수밖에 떠날 수밖에 없는 곳
올올이 감긴 울음 역마살 때문이라면
떠돌이 행성들마저 역마살 때문이다

비타 500

대중성 음료니까 그냥 꼴깍, 그렇고말고
하루치 권장량은 1000 밀리그램이다
고단위 처방일수록 사랑의 농도는 짙다
품종은 개량 되고 쓰임새도 문어발이나
은밀히 부드럽게 영원히 침묵하라
뇌관을 잘못 건드리면 뇌진탕이 올 수도 있다
밤말도 새 듣는 세상 그림자를 조심하고
접선은 혼자 하되 카톡을 날리지 마라
지문도 주인도 없어 배달사고도 각오하고
영원한 약발은 없어 날마다 복용케 하라
꿩 먹고 알 먹어도 오리발 내밀 때 있다
내 잠시 치매가 왔나, 비타 얘길 한다는 게

비봉산

봄비는 에돌아온다 굽이굽이 산길로 온다 뜻 모를 눈물처럼 부질없는 눈물처럼 한달음 눈썹 밑 길도 시오리 길로 온다

와서는 인사도 없이 사설 보따리 풀어놓고 천 굽이 만사랑을 어처구니로 스며들어 겉치마 속치마 홀랑, 다 젖은 핑계로 온다

오동지 육선달에도 님 오고 님 가던 길 헛짚고 헛딛는 척 비봉산 홍매 만나서 밤새껏 엮어도 보고 풀어도 쓰는 육필

누구 없소

버럭질
땅 밑에서
단말마로 외치는 소리

거기 누구 없소
여기 사람이 있소

희망을 버리는 것이
희망이 된
하루

청춘별곡

응달에 진달래꽃 벼랑끝 산나리꽃
용케도 건너왔구나 톱날 서린 겨울 강을
가슴 속 눈물자국을 너 혼자서 건너는구나

울으리 울으리랏다, 치킨 배달 호프집 서빙
죽으리 죽으리랏다, 자투리 시간 전단 돌리기
하현달 야윈 돛단배 삿대 저어 가는구나

청춘이 불꽃이면 불나방이 되어라
청춘이 눈물이면 눈물 강을 건너가라
청춘이 청산이라면 그 별곡 흥건토록

지권인智券印 석남사 비로자나불상

명치 속 쓰리다지요
명치끝도 아리다지요

벙어리 귀머거리 귀 닫고 입 막아도

봄 여름 천치만 같은
가을 겨울 무지랭이 같은

금강도 탐하지 않고
화엄도 구하지 않고

내 안에 누가 사는지, 천심 지심 다 받들어도

울음에 울음만 박혀
명치뼈가 아프다지요

달은 지다

빗돌에 새긴다고 다 청사는 아니리

보리는 오늘도 자라 황산벌에 푸르러도

패검에 푸른 녹 슬면 자루부터 썩는 것

울어라 수막새 한 점 소리 내어 울어라

계백은 쓰러져도 그 피는 땅에 스미어

아직도 흙이 못 되어 두 눈 뜨고 있었느냐

지금 니 머하고 있노

꽃구경 단풍놀이에
니 지금 바람들었나

벼농사 풍년 와도
어데 팔아 묵을라카노

누워서 팔베개 하모 땡감만 니 차진기라

홍타령 공염불로
흑백도 모르는 넘들

그 넘들 그 잡넘들한테
배우고 가르치더나

곳간만 축내는 넘들 살라카나 죽을라카나

천지삐까리

내 오늘 작심하고 단둘이만 앉았응께
큰아야, 밥 더 묵고 애비 술 한 잔 받아라
사나가 한 번 실수는 병가상사라 캤니라
세상이 언캉 험한께 삿된 놈도 많을끼고
사는 기 팔모라고 외통수는 없는기라
맷집은 이 애비 닮아 노적 겉다 들었다마는
농사도 물 담으모 실농하는 거 니 봤제
나락이 쓰러져서 못 일어서는기 실팬기라
저그나 머쓱했으모 거석이는 안 했을낀데
산마루 걸린 먹구름 그냥이야 가더나마는
밤마다 천지삐까리로 희망이 총총한데
내 자슥 나는 믿는다, 하늘이 돌아앉아도

경상도 사랑

한 번 믿었다 카모 끝 모를 사랑을 하고
한 번 아이라 카모 죽어도 아인기 있다
까만 불 탱탱 얼려서 얼라들 키울 때부터

대밭에 폭설이 내려 하늘을 받쳐 들고
칠 년을 버티다가 한 방에 뿔라져도
죽어서 같이 살자던 그 피가 남강인기라

하늘이 무너져도 두류산은 안 운다카제
그기 못 미더브모 니가 우째 나를 믿고
치마끈 풀어헤쳐서 서방이라 안 했것제

육쪽마늘

손끝에 힘을 모아 씨마늘을 심는다
언 땅의 어둠에 울고 설한에 사무쳐도
괜찮다, 아무 일 없어
어미의 땅이란다

나는 네 심장 속에 오기를 심었거니
나는 네 씨눈 속에 향기를 심었거니
땅심에 뿌리를 묻은, 너는 별 땅의 아들

세상의 크기는 네 눈과 비례하고
세상의 색깔은 네 마음과 한 빛이다
세상이 무한대라도
네 가슴에 안겨 있다

야생일지

첫새벽 이슬을 샛별이 먹고 가면요
그 이슬 먹다 남은 건 아침 해가 먹고요
참새는 수숫대 끝에서 도리질만 먹지요
개는요 암탉 쫓다 헛발질만 먹어도요
쇠비름 콩이파리는 망아지가 먹고요
염소는 애미 없이도 슬픔까지 잘도 먹지요
매미는 씨롱씨롱 정치밥을 먹고요
들판에 허수아비는 씻나락만 까먹어도요
나는요 뜬구름 바라 외상술을 먹지요
달 보고 울던 아내 아들 편지만 먹고요
흙은요 뭘 먹나 하면 힘찬 내 오줌발 먹고요
오늘밤 허기가 지면 그 아내 나를 먹지요

제4부

아직도 붉은 거짓말

봄날은 온다

봄날이 온다케도 연속극인 줄 알았지
김 서방 살아 오믄 그때는 믿을까 몰라
가시나 시집 보내고 한 달은 울었다카이
시락국 한 솥 끓여 열흘씩 먹인 허기
민낯 단벌옷에 상거지 만든 어미 죄
하늘이 다 알았다카모 천벌 받고 남을끼다
지 서방 만났응께 막상 떠나 보냈지만도
가방끈 남겉잖아 남겉이 몬 해준 거
밟히고 맞아 죽어도 그것보다 더 아팠겠나
어젯밤 통화하며 시락국이 캥킨다캐서
손가락 꼽아보이 올 시월이 일 년 아이가
바람이 석달 열흘 불모 봄날이 온다카더이
언니야 전화 끊어라, 인자 곧 도착할끼다
하나가 둘 되더이 셋 되어 온다 안카나
내사마 이날 평생을 벚꽃 모르고 살았는데

갓댐산

놋그릇 은비녀는 총알받이 징용을 가고
몸속의 뼈를 발라 덴노의 총알이 되다
금치산 선고를 받고 백치가 된 각담산

해방 뒤 카프가 되어 또 한 번 바친 몸
갓댐 선 오브 비치, 버린 땅 썩은 뿌리에
솔씨는 벌목 장정이 되어 갓댐산을 일으켰다

싸리꽃 엉겅퀴는 야사를 땅에 묻어도
해마다 망초꽃은 가슴에 새겨 핀다
그런 산 그런 놈 말고 성한 놈 누가 있었나

* 갓댐산 : God Damn, 즉 신이 버린 산으로 각담산의 별칭. 일본 강점기 때는 구리를 채굴했으며, 6·25 한국전쟁 시는 피아간 공방이 치열해 미군들이 붙인 이름이다.

단성장

단성면 단성장은 이칠 갑오로 서는데
딸기농사 끝물에 경운기 타고 온 박씨
나들이 반소매 하나 반짝이로 고른다

자색 하나 물색 하나 합이 셋으로 점찍으니
영감님, 남은 두 개는 누 줄라꼬 샀능교
살림이 하나뿐인감,
다 용처가 있는기라

해장국에 반주 없이 파장 안고 우째 가랴만
칠정산 앞이마에 해넘이로 우는 뻐꾸기
알았다, 그래 알았다카이
내 인자 일어설끼다

소한에서 대한까지

버들이 발을 담그고 겨울 강을 건너간다 꼿꼿이 그냥 선 채로 바람을 맞서면서 맹동을 이기는 길은 참고 또 참는 것이라며

기다릴 수 없을 때 더는 견디기 어려울 때 발끝을 간질이며 심장의 잠을 깨우는 버들치 혀끝에 물린 전율이 아릿하다

먼 길도 가까운 길도 쉼 없이 흐르는 생 사는 건 나루턱 없는 강물을 건너는 일 입술이 부르트거나 꽃눈이 터지거나

고등어

대안동 새벽시장 단두대에 올랐다
댕경, 목을 쳐다오 소금을 뿌려다오
한때는 등푸른 꿈이 동해를 출렁였지

얼마냐 묻지 마라 주인 없는 몸이다
퍼렇게 눈을 떠도 반 토막 난 세상에
혓바닥 다 헤진 놈이 무슨 이름을 값하겠나

어차피 한물간 몸 반값이면 떨릴까 몰라
참고 또 참아온 한기 참을 수밖에 없는
죽음은 살고 싶은 것, 버티어 살아남는 것

적조

사랑과 증오 사이에 파도가 출렁입니다
출렁이지 않았으면 벌써 죽고 말았겠지요
이별과 이별하기 위해 쉼없이 출렁입니다

심장과 허파가 있기나 하냐구요
달빛에 울기도 하고 파랑에 탄식도 하며
썰물과 밀물을 불러 호흡을 다스리지요

산 보듯 하늘 보듯 바라만 보라니요
천둥이 우짖듯이 한 번은 뒤집습니다
내 붉은 가슴을 헐어 당신 죄를 보겠습니까

강화사자발쑥

쑥이면 그냥 쑥이지 왜 하필 약쑥인가
단전에 쑥뜸 놓던 삼천 리 쑥은 어쩌고
오천 년 한 뿌리 쑥이 사자발쑥만 쑥인가

강도江都라 불러놓고
진사 삼작노리개라니
명치 속 쓸개즙은
가 또 마셔야 하나
강화만 엎드린 파도 사자발톱을 길렀다

말발굽이 짓밟고
명치明治 소총*에 무릎 꿇어
외성이 겹겹인들 내성 안 무너지나
용 못 된 이무기들이
방천 내고 무너진 둑

* 명치明治 소총 : 명치 38년에 만든 소총으로 강화수호조약 때 사용함.

축제

여름날 소리꾼들이 푸수풀에 다 모였다
콩중이 찌르레기 팥중이 귀뚜라미
한 곡조 한다는 놈들 악사까지 거느리고

라르고 아다지오 바리톤 프레스토
화음과 불협화음 엇박자도 하나가 되는
음보나 악기 없이도 다민족 사랑을 한다

해고니 실직이니 비정규직도 없는 땅
아들이 자식을 낳듯 평등이 평화를 낳는
나무와 꽃과 열매도 이 노래를 먹고 자란다

질그릇

아비가 자식을 낳아
눈 코 귀 살펴보다

왜 하필 못난 애비를, 나보다 더 나 같은 놈

눈물은 닮지 말아라
눈물만은 닮지 말아라

그 핏줄 그 피라는데
울음도 닮아야지요

각설이타령 한 가락에 목 메이는 까닭도

대물림 내림이지요
낙동강 칠백 리지요

장승과 함께 춤을

장고나 북채는 두고 난타로 웃어나 보자
찬밥은 네가 먹고 쉰밥은 내가 먹던
개밥도 못 되는 것들 다 모여 놀아나 보자
배시시 자빠진 놈 히죽이죽 이빨 빠진 놈
빗속에 웃통 벗고 깡통도 두드려 보자
한 번도 안기지 못한 모난 돌 너도 오너라
벙어리 귀머거리 너 언제 한 번 웃어봤느냐
미친 놈 홀딱 깐 채 비 맞고 춤을 추면
웃는 놈 박수치는 놈 패거리로 미칠 때 있다
홍타령 신세타령 주정뱅이 범벅타령에
어깨춤 엉덩이춤 문둥이춤 곱사춤 펼쳐
미쳐서 울어나 보자, 사는 건 미치는 것

산딸기

아무도
손 안 탄 거
니한테만 줄라꼬

니보다
더 붉은 거
니한테만 보일라꼬

그 붉던
그적 거짓말

아직도 붉은 거짓말

처용의 봄

초승달 파란 눈썹이 당신 계집 맞다케도
나는요 이날 평생 옆눈질은 모르구만요
내 간을 보일꺼구마 생사람 잡지 마이소
보이소, 저 암코양이 소원 좀 들어보이소
아무개 발정난 거 내 진짜 봤지만도
누구 개 누구 개라고 입 한 번 안뗐구만요
복사꽃 환한 봄날 내 아내 손잡고 간
비봉산 발자국 둘 달도 다 봤다카이
내사마 증인도 있고 알리바이도 있다카이요
기왕지사 말났응께 터놓고 하는 말인데
씨 없는 그 수박이 저명인사 씨라 카데요
나는요 두 눈 딱 감고 달만 보는 사람이라요

양지물 빼꾸기

앞산에 빼꾸기 울 때 고추 심다 가설랑은 뒷산이 받아 넘기도 아즉꺼정 와 안오노말다

감자꽃 다 지고나모 누가 캘낀지 나도 모르겄소

고구매 순은 질어 밭둑 넘어 뻗어가는데 이빨도 없는 양반 강냉이는 잘도 들더이

팔십은 자시고 가지 구십도 짱짱한 세상

인연도 사발모냥 금이 간다 카더라마는 적막이 두루 병풍 친 이 지옥 당신 아능교

나도 마 빼꾸기 따라 천리 만리 떠날라카요

제5부

맹독 같은 맹목의 사랑

샛강에 살자 | 생탁과 라면 | 얼씨구 | 쌀에 뉘 같은 | 빚의 사회학 | 내검법耐劍法 수련기 | 삼천포 | 신 이두에 관한 해례시 | 큰스님 | 이 봄을 말할 것 같으면 | 돌미나리 | 선인장 | 풀뿌리의 詩

샛강에 살자

샛강에 흙탕물 일어 무슨 난리 봇짐을 싸나 물풀과 물풀 사이 부들과 부들 틈새로
버들치 검정물방개 너나들이로 놀고 있다

흘림체 일필휘지로 미꾸라지 헤살을 치고 어깨에 힘을 뺀 고요 눈 깜빡 조는 사이
허공에 물구나무서서 흘레하는 수잠자리 한 쌍

청개구리 한 놈이 가글가글 님 부르면 암컷도 몸이 달아 아애이오우 맞소리 하며
울 담도 세간살이도 애옥살이 없는 나라

생탁과 라면

생탁과 라면을 사서 바람 휘청, 문을 닫고
사글세 옥탑방으로 사라지네 보이지 않네
라면이 겨울을 끓이네, 계란도 하나 없이

라면은 겨울 바람에 치도곤 혼쭐이 나고
생탁은 뚜껑을 열고 벌컥벌컥 입을 여네
김치도 한 가닥 없네
무정란 시간만 있네

기러기 그림자가 창살에 스치고 가면
말 못한 말들이 앉아 생탁만 울컥울컥
딱 한 병
참 어림없네
생쥐가 한밤을 긁네

얼씨구

임촌리 다랭이논에 가을볕이 익는 날

구름도 한 점 없이 메나리가 피는 날

단풍잎 오시다 말고 뒷짐 지고 웃는 날

한 톨이 한 홉 되고 한 홉은 한 섬 되는 날

공치사 마다하고 손사래 젓는 날

바람도 신명이 났다 얼씨구나 어쩔씨구나

쌀에 뉘 같은

뉘에 쌀만 같아라
뉘에 쌀만 같아라

내 사랑 꿈에라도 꿈속에서만 같아라

뉘 같은
쌀에 뉘 같은

내 한 생 티눈만 같은

빚의 사회학

참새와 동박새가 쥐똥나무 밑에 산다

빚 얻어 이자 갚다 연체에 덜미가 잡혀

한뎃잠 한뎃솥 걸고 목숨만 빌려 산다

사마귀가 앞발 들고 빚추심을 조르자

베짱이는 배 째라며 헛웃음만 치는데

입동이 다 저물도록 울어쌓는 귀뚜라미

내검법耐劍法 수련기

노가다 열흘째에 갈비뼈 우지끈하자
씨부럴, 대학 졸업장 쫙 찢어 흩날리고
세상과 맞장 뜨자며 풍운검을 빼들었다
동네 어귀 바람잡는 콩주먹은 되지 말자
하늘을 잊지 말며 땅에 뿌리를 내리자
무림의 제일 고수는 신검을 가지는 자
소나기 피해 가던 고시검도 내려놓고
눈과 마음 낚아채는 조검법을 닦으려고
네거리 뙤약볕 아래 짜가백화점을 차렸다
자득은 땀 흘리는 깨달음에서 오는 것
세상의 으뜸초식은 나를 팔아 나를 사는 것
가슴속 칼을 버리자, 내 자신을 겨눈 칼을

삼천포

쥐치어 풍어일 때는 파도 출렁 달빛도 출렁
가재미 도다리는 뒷전으로 밀려나고
칼자루 마실만 가도 적금 하나는 부었다

그때는 내지 사람들 이름조차 가물거리던
해장 소주 한 병에 물회를 들이키고
바다와 맞서 싸우던 사내들 핏줄이 섰다

십 년을 스러져도 파도는 다시 오고
그 파도 사내를 덮쳐 넘실넘실 멱살 조일 때
삼천포 그 사내만 우나, 일파가 만파된 오늘

신 이두에 관한 해례시

한글을 만드신 지 어언 500년입니다 지금사 후손들이 신조어를 만드니, 역사를 어여삐 여겨 복세편 살하소서

그래서 말씀인데요, 말이란 소통인데 부모와 자식 간에 마주 앉아 불통이니 핵노답, 낄끼빠빠하여 고답이나 면하렵니다

이제 와 빼박캔트니 누구를 탓하리만 헬조선 취업난으로 기성은 ㅂㅂㅂㄱ라니 얼굴을 탈바꿈하여 흙수저는 벗어야지요

그래도 우리 대왕님, 쌍글 암글은 아니랍니다 금사빠 헤치고 나와 내로남불도 않구요 취준생 꼽샘추위에 간장만 타지요

큰스님

산 위의 바위 하나 천년 산 그 돌덩이가 감춰 둔 뜻이 있어 성불할 꿈이 있어
사는 건 천년이거니 일년도 천년이거니

산 아래 풍경소리 밤마다 목탁소리 고승의 독경 엿듣고 금강경도 다 외우고
산문에 입을 닫아도 귀명창이 되시더니

고승은 바람 따라 산사는 구름에 간 후 빈 절터 적멸을 깨고 한 선승이 내려오시니
천년이 일년이거니 사는 일 천년이거니

이 봄을 말할 것 같으면

이 봄을 말하자면 행복을 팔러 왔지요
작년에 씨를 받아 겨우내 갈무리한
손 안 탄 신종입니다
100퍼센트 활짝 핍니다

눈물을 먹고 자란 꽃잎이 더 붉다는데
실직 그 한 방에 놀라 기개를 꺾다니요
밥값을 못하고 가면
밥값은 내고 가야지요

진흙탕 웅덩이에도 눈 틔울 꽃입니다만
과거를 아끼세요, 왕년은 다 버리고
이름은 아직 없습니다
희망 따라 작명하세요

돌미나리

이른 봄 돌미나리가 아들 위장을 돋운다며 들판 지나 도랑 끝까지 눈에 불 켜신 어머니 행여나 누가 볼세라 뉘 먼저 손탈세라

어루고 달래듯이 으갠 뒤 즙을 짜서 새끼손 두 마디쯤 반 사발 모자라게 대감께 탕약 받들 듯 맹독 같은 맹목의 사랑

햇미나리 바닥나면 쑥즙이 또 오른다 어금에 버금가는 천하 명약 초본성 비손
단숨에 꼴깍 마셔라, 입에 쓴 게 약이니라

선인장

창문과 빛과 바람이 차단된 어둠에 간혀

저 먼 길 더 먼 고향
잊기 위해 잊지 못해

돌아갈 길을 막았다
모루뼈도 걸어 잠갔다

한 평 반 지하쪽방엔
외로움도 누울 수 없다

끝까지 끝은 아직 보이지 않고

온몸에 가시를 세워
관념의 살을 뺀다

컵라면 삼각김밥
내 생의 반려자들과

한 모금 남은 별로 목숨을 떠받치고

잊어라

노여워 마라

죽음도 마중하라

풀뿌리의 詩

땅 밑에 여리고 가는 청맹과니 뿌리가 산다
서로가 손 맞잡고 어둠을 헤치고 산다
안간힘 막무가내로 저 한 잎 꽃을 위해

바람에 흔들려도
손마디 부러져도
가뭄에 목젖 타며
헐벗고 굶주려도
역사는 논하지 말자, 선사시대 이전부터다

한 번 거머쥔 흙은 결단코 껴안으며
하얗게 뼈만 남아 악다구니로 파고든 지층

칠흑의 세상을 헤친
내 어머니도 그랬다

| 해설 |

유연한 가락과 자유 의지 그리고 역사

—최영효 시인 작품론

이지엽
(경기대학교 국문과 교수·시인)

유연한 가락과 자유 의지 그리고 역사
—최영효 시인 작품론

한국의 시조는 2000년대 들어 급속히 성장하였다. 양적 팽창과 더불어 질적 수준이 높아져 시와의 변별이 거의 없을 정도에까지 진일보하였다. 시조 창작자의 증가와 더불어 작품 수도 몰라보게 증가하였다. 그럼에도 불구하고 답답한 면이 없지 않다. 우선 시조가 시조의 울타리를 크게 벗어나지 못하고 있다는 점이다. 시조의 울타리는 협소하기도 하지만 온정주의에 머물러 있어 자성적인 목소리가 거의 없다. 이런 연유에서 보다 혁신적인 새로움을 추구하는데 민감하지가 않다. 시조의 고령화가 급속도로 진행되고 있다. 새로운 충격이 필요한데 그렇지 못한 것이 큰 문제인 것이다. 여기 최영효라는 한 지역 시인이 주목되는 이유는 이런 점에서이다. 그는 지방에서 태어나 그 지역을 크게 벗어나지 않은, 지역을 떠나지 않은 토박이 지역 시인이다. 그러나 그의 시는 역동적이다. 유연한 가락을 지니고 있어 쉽게 다가온다. 연속적으로 읽히게 하는 힘이 근

본인데 가다가 일순 끊어버리는 단절의 미학도 추구한다. 이어질 듯 끊어지고, 끊어질 듯 이어지는 의미의 중첩과 강조가 이어진다. 이러한 외형의 유연성만큼이나 그의 작품 세계는 자유 의지를 추구한다. 동시에 시대에 대해 아파하고 증언한다. 언제나 낮은 자의 위치에 머무르는 것도 그의 장점이다. 이를테면 그의 작품은 전국을 아우르고 있는 것이다. 나아가 그는 21세기 한국의 시조가 걸어 나가야 할 하나의 방향을 제시하고 있는 셈이다.

1. 유연한 가락 – 연속성과 단절성과 중첩성

최영효 시인의 작품에서는 유연하게 이어나가는 가락이 일품이다. 그만큼 가락을 잘 타고 있다는 얘기다. 술술 읽히는 것은 기본이다. 그러면서도 의미가 상통하고 있다.

팔랑나비 유채꽃 찾아 십 리 길도 오 리인 듯 하루에 서너 번이 그 하루에 서른 번 넘게

가다가 다시 와서는 영영 다시는 안 갈 듯

이제야 서로 만나 어떻게 살았느냐고 얼싸안고 맴을 돌며 얼마나 그립더냐고

하늘로 내리꽂다가 절벽으로 솟구치다가
깨물고 깨물어도 아프지 않은 속살 날갯짓 자지러지는 달디단

햇잎 입술

목매는 마음 같이야
죽을지언정 죽고못사는

—「죽고못사는」 전문

잘 이어나가는 것은 시인이 구사하고 있는 언어의 특성이 크게 세 가지 면을 고려하고 있음에서이다. 하나는 "끊어질듯 이어지는" 연속성이고, 다른 하나는 "이어질듯 끊어지는" 단절성이다. 연속은 각 수의 초장과 중장의 말미에서 이루어지고 있다. "십 리 길도 오리인 듯 하루에 서너 번이 그 하루에 서른 번 넘게"에서 초장의 후구 "십 리 길도 오 리인 듯"은 뒤의 중장 전체에 영향을 준다. 하루에 서너 번 그 서너 번의 서른 번 넘게—그러니 90번에서 120번 정도를 오가는 것이라고 볼 수 있다—유채꽃을 찾는 팔랑나비를 그리고 있는 것이다. 중장이 연속성에 해당되는 것은 종장이 이 중장을 그대로 이어받아 "가다가 다시 와서는 영영 다시는 안 갈 듯" 그렇게 가고 옴을 묘사하고 있기 때문이다. 일단은 첫 수 종장에서 계속 이어져오던 시상이 종결된 것처럼 보인다. 그래서 첫수 종장에서는 단절성이 일어난다고 본 것이다. 그러나 이 단절은 완전히 끊어짐을 의미하지 않는다. 일차적으로 끊어진 듯 보이지만 이것은 통째로 둘째 수에 연결되고 있다. 둘째 수의 각 장 역시 첫 수와 마찬가지로 초장은 중장에 중장은 종장에 영향을 주고 있다. 이는 최 시인만의 언어 운용이라고 볼 수 있는데, 그만큼 능란하게 우리말을 구사하고 있다고 보아도 좋을 것이다. 연속성과 단절성은 따지고 보면 또 다른 하나의 특징이라 할 수 있는 반복과 열거를 통한 '의미의 중첩과 강조'와 연관이 되고 있음을 간과 할 수 없다. 둘째 수의 초장은 첫째 수 종장 "영영 다시는 안 갈 듯"의 끊어지는 부분을 이어받는데, 그것의 초장으로만 끝나지 않고 중장으로까지 계속적으로 연결되어 "이제야 서로 만나 어떻게 살았느냐"에서 그치지 않고 "얼싸안고 맴을 돌며 얼마나 그립더냐고"고 묻는 것에까지 일순간에 내닫는 반복과 열거를 통한 '의미의 중첩과 강조'가 일어나고 있는 것이다. 종장의 솟구침에서는 정지가 순식간에 일어나 이것이 "햇잎 입술"에 머물러 끊어진 듯 보이지만 이 부분을 종장에서 이어 마무리를 하고 있는 것을 볼 수 있다. 이러한 시인의 유연한 가락의 운용으로 인하여 그의 작품은 어느 것을 들어도 사뭇 유들유들하면서도 마디가 없이 잘 넘어간다.

대평들 돌개바람 냉이 눈 감겨봤자 제비꽃 애기똥풀 버려진 천둥벌거숭이들
아무리 기죽여봤자 산수유꽃은 핀다고

소주 니 심각해봤자 울컥벌컥 울어봤자 명퇴란 허명으로 쉰 고개 막아봤자
썰물이 가고 난 자리 밀물은 또 오는데

막노동 새벽길에 삽바 잡고 시비하며 슬픔아 외로움아 아무리

빌붙어봤자
내 사랑 꼭 돌아온다 겨울 니 그래봤자

—「그래봤자」 전문

세 수로 된「그래봤자」에서의 어조는 각 수에서 더 활달한 전개를 보여준다. 이를 ~봤자에서 끊어서 재배치해 보면 이점을 확실하게 살필 수 있다.

대평들 돌개바람 냉이 눈 감겨봤자/ 제비꽃 애기똥풀 버려진 천둥벌거숭이들/ 아무리 기죽여봤자/
산수유꽃은 핀다고

소주 니 심각해봤자/ 울컥벌컥 울어봤자/ 명퇴란 허명으로 쉰고개 막아봤자
썰물이 가고 난 자리 밀물은 또 오는데

막노동 새벽길에 삽바 잡고 시비하며 슬픔아 외로움아 아무리 빌붙어봤자
내 사랑 꼭 돌아온다
겨울 니 그래봤자

"~봤자"는 첫 수에서 두 번, 둘째 수에서는 세 번, 셋째 수에서는 두 번 등장하는데 각각 다른 특성을 보여주고 있다. 첫 수에서 두 번 일어나는 것을 장의 말미에서 하지 않고 초장과 종장의 첫 구에서 시도하고 있다. 아마 각 장의 마지막 음보에서 이를 하지 않은 이유는 단절의 미학보다

는 끊어질 듯 이어지는 연속성에 초점을 두었기 때문일 것이다. 이에 반해 둘째 수는 각 장의 마지막 음보에서 이루어지고 있는데 초장은 두 번, 전후구의 뒤 음보에서 나오고 있어 반복적인 리듬감이 느껴지면서 "~봤자"가 강조된다. 이어 종장이 통째로 그 이후의 이어지는 상황을 얘기함으로써 다른 두 수보다 훨씬 강도 높게 이 부분이 강조된다. 셋째 수는 첫째 수와 같이 두 번 등장하는데 중장과 종장의 마지막 음보에서 이루어지고 있다. 중장의 마지막에서 "~봤자"가 등장하는 것은 초, 중장을 내리닫이식으로 읽게 만드는 힘을 가지고 있다. 이를테면 중간에 여러 상황들이 얽히고 꼬이더라도 그것들이 중요한 것이 아니라는 것이다. 그러기에 이 셋째 수에서 가장 강조되는 것은 종장의 첫 구이고 **"내 사랑 꼭 돌아온다"** 는 의미는 이 시의 주제에 해당되는 의미를 담고 있는 것이다. 말하자면 어조의 운용이 시의 주제 의식에도 영향을 주고 있으며 보다 효율적인 주제 드러내기를 어조를 통하여 보여주고 있다는 얘기가 되는 것이다.

백만 원을 그렁께, 쪼개서 갚는 기라 숨가쁘모 안됭께 하루에 단돈 만 원씩
목돈을 푼돈 만들어 행팬대로 내는 기라

니캉내캉 우리 사이에 인감 보증이 필요하겠나 줄 듯 말 듯 밀고 땡기모 살 저미고 피 마르제
밥 사고 술 안 사도 되이 발품이 하모, 쪼께이 높제

갚다가 힘 부치모 하루 이틀 늦겠지마는 신용이 밑천이라도 그 팬리야 정 아이겠나
하루도 결석 안 하모 내 이틀 치는 빼주께

보이소 천사이모요, 그 돈 격이 높아도 몸 파는 하루살이 피도 팔아 일수 사라꼬요
그라모 내 몸 살라요, 일년치는 공짜요

—「1004 일수」 전문

「1004 일수」는 또 다른 묘미를 준다. 사투리를 섞어 써서 투박한 질감과 감칠 맛 나는 지역 정서를 잘 살려내고 있다. 앞서의 인용 작품들도 같은 특색을 보여주는데, 초장과 중장을 한 행으로 처리함으로서 종장의 의미를 사뭇 강조하고 있다. 시조의 각 장은 우리 언어가 갖는 완전 언어구조와 밀접한 관련이 있다. 4음보는 주어, 목적어, 보어, 술어의 보편적 우리 언어구조에 잘 맞아 떨어지면서도 안정성을 가지고 있는 장점이 있다. 그런데 달리 생각해보면 너무 같은 크기로 잘라지기 때문에 기계적인 느낌을 갖기 쉽다는 단점이 존재하게 된다. 사설시조가 이를 극복하기 위한 한 방편이 되기도 하지만, 평시조의 틀을 유지하면서 이에 대한 변화를 시도하기란 쉽지가 않다. 아마 최영효 시인이 초장과 중장을 한 행으로 처리하면서 이를 늘리려 시도한 것은 단조로운 시조의 율격에 변화를 시도한 것으로 볼 수 있다. 이를 통해 얻어지는 효과는 시적 호흡이 8음보까지 늘어나는 유장함과 율격 변화에서 오는 시적 긴

장감이다. "갚다가 힘 부치모 하루 이틀 늦겠지마는/ 신용이 밑천이라도 그 팬리야 정 아이겠나/" 굳이 장 가름을 할 수도 있지만 그냥 연결하여 읽혀지기도 하고, "보이소 천사이모요,/ 그 돈 격이 높아도 몸 파는 하루살이 피도 팔아 일 수 사라꼬요"처럼 의미 단락이 초장 후구와 중장을 한 호흡으로 읽게도 한다. 이러한 시도는 시조가 갖는 단조로운 율격구조에 변화를 주어 보다 더 변화된 시대에 적응하려는 노력의 일환으로 해석되어진다.

2. 자유 의지 - 죽음까지 맞서는 청정한 정신과 곧은 절개

최영효 시인의 시 세계 특징 중 가장 중요한 것은 시인의 자유 의지라 할 수 있다. 시인에게는 죽음까지도 당당히 맞서는 청청한 정신이 있다. 굽히지 않는 절개와 곧은 정신은 어떠한 불의도 용납하지 않겠다는 강한 의지로 읽힌다. 적지 않는 작품에서 확인된다.

창문과 빛과 바람이 차단된 어둠에 갇혀

저 먼 길 더 먼 고향
잊기 위해 잊지 못해

돌아갈 길을 막았다
모루뼈도 걸어 잠갔다

한 평 반 지하쪽방엔
외로움도 누울 수 없다

끝까지 끝은 아직 보이지 않고

온몸에 가시를 세워
관념의 살을 뺀다

컵라면 삼각김밥
내 생의 반려자들과

한 모금 남은 벌로 목숨을 떠받치고

잊어라
노여워 마라
죽음도 마중하라

—「선인장」 전문

시인의 의지는 모든 악조건의 상황과 맞서는 선인장처럼 읽힌다. 이 선인장은 지하쪽방에 갇혀 있다. 고향으로 돌아가는 길은 모두 차단되어 있다. 빛과 바람이 차단된 어둠의 세계에 갇힌 몸은 무엇을 할 수 있는가. 오로지 "온몸에 가시를 세워/ 관념의 살을" 빼는 것이다. 관념은 얼마나 사치한가. 적당하게 넘어가는 유희가 있고, 모른 척 넘어가는 추상이 있다. 시조는 관념을 없애야 한다. 시가 관념과의 끊임없는 싸움이듯이. 그러기에 그는 관념을 거부하며 실제를 택한다. "지하쪽방"도 구체적이지만 그 삶의

곤궁함은 "컵라면 삼각김밥"에서 더 적나라해지지 않는가. "한 모금 남은 벌로 목숨을 떠받치"는 관념이나 "죽음도 마중하라"는 공허한 메시지도 '가시'와 같은 존재 때문에 생생하게 다가온다.

이른 봄 돌미나리는 위장과 간을 돋우니 들판 지나 도랑 끝까지
눈에 불 켜신 어머니 행여나 누가 볼세라 뉘 먼저 손탈세라

어루고 달래듯이 으깬 뒤 즙을 짜서 새끼손 두 마디쯤 반 사발
모자라게 대감께 탕약 받들 듯 맹독 같은 맹목의 사랑

햇미나리 바닥나면 쑥즙이 또 오른다 어금에 버금가는 천하 명
약 초본성 비손
단숨에 꼴깍 마셔라, 입에 쓴 게 약이니라

—「돌미나리」 전문

단순히 「돌미나리」의 특성, "위장과 간을 돋우"는 것을 묘파해내는 것으로 그치지 않는다. "탕약 받들 듯 맹독 같은 맹목의 사랑"에 포인트가 있으니 "입에 쓴 게 약이"라고 생각하고 "단숨에 꼴깍 마셔"야 하는 순종이 큰 미덕으로 받아들여지는 것이다. 이를테면 시인의 결기는 행동에 옮겨야 할 그것이 조금 거추장스러운 것일지라도 본질을 위해 해야 할 것이라 판단되면 추호의 주저함이 없이 행동으로 옮기는 실천적 면모를 가지고 있음을 알 수 있다.

땅 밑에 여리고 가는 청맹과니 뿌리가 산다

서로가 손 맞잡고 어둠을 헤치고 산다
안간힘 막무가내로 저 한 잎 꽃을 위해

바람에 흔들려도
손마디 부러져도
가뭄에 목젖 타며
헐벗고 굶주려도
역사는 논하지 말자, 선사시대 이전부터다

한 번 거머쥔 흙은 결단코 껴안으며
하얗게 뼈만 남아 악다구니로 파고든 지층

칠흑의 세상을 헤친
내 어머니도 그랬다

—「풀뿌리의 詩」 전문

그 실천의 정신은 "서로가 손 맞잡고 어둠을 헤치고" 살아가는 공동체의 정신을 가지고 있으면서도 "바람에 흔들려도/ 손마디 부러져도/ 가뭄에 목젖 타며/ 헐벗고 굶주려도" 시대를 원망하지 않는 자기 책임의 정신이 있으며, "한 번 거머쥔 흙은 결단코 껴안으며/ 하얗게 뼈만 남아 악다구니로 파고"드는 악착같은 서민의 정신이 있다. 함께 더불어 가는 공동체의 정신과 회피하지 않고 정직한 책임의 정신, 바닥의 삶을 마다않는 서민의 정신이 바탕을 이루고 있기에 이 자유정신은 어머니의 정신처럼 견실하고 단단해 보인다.

노가다 열흘째에 갈비뼈 우지끈하자
씨부럴, 대학 졸업장 쫙 찢어 흩날리고
세상과 맞장 뜨자며 풍운검을 빼들었다
동네 어귀 바람잡는 콩주먹은 되지 말자
하늘을 잊지 말며 땅에 뿌리를 내리자
무림의 제일 고수는 신검을 가지는 자
소나기 피해 가던 고시검도 내려놓고
눈과 마음 낚아채는 조검법을 닦으려고
네거리 뙤약볕 아래 짜가백화점을 차렸다
자득은 땀 흘리는 깨달음에서 오는 것
세상의 으뜸초식은 나를 팔아 나를 사는 것
가슴속 칼을 버리자, 내 자신을 겨눈 칼을

—「내검법耐劍法 수련기」 전문

「내검법耐劍法 수련기」에는 "우지끈" "씨부럴" 등의 강렬한 의성어와 비어, "갈비뼈" "콩주먹" "무림" "제일 고수" "뙤약볕" "짜가백화점" 등의 극단적이거나 강한 느낌의 명사와 "쫙 찢어" "맞장 뜨자며" "빼들었다" "바람잡는" "낚아채는" 등의 집약적이면서도 역동적인 움직임을 보여주는 동사 등이 등장한다. 시인이 이러한 거칠고 날선 언어를 사용하는 것은 둘러싼 외부 현실이 늘 부조리에 가득차 있고 분노하게 만들기 때문일 것이다. 그렇지만 시인은 이러한 현실에 대해 "땀 흘리는 깨달음"을 강조하고 "세상의 으뜸초식은 나를 팔아 나를 사는 것"이라 강변한다. 그리고 종국에는 "가슴속 칼을 버리자, 내 자신을 겨눈 칼을" 버리자고 역설한다. 진정한 자유는 스스로를 이기는 극기의 정신에서 비롯하고 있음을 보여주고 있는 것이다.

> 논객은 두 자루 검에 허기의 날을 세운다
>
> 논객은 평화의 검을 마음에 품고 떠난다
>
> 논객은 천둥을 베고 번개처럼 일어선다
>
> 논객은 귀와 눈으로 양날의 칼을 간다
>
> 논객은 불의를 쫓아 신검을 휘두른다
>
> 논객은 위선의 땅에서 난세를 평정한다
>
> 논객은 혀가 녹슬고 칼끝이 휘어진다
>
> 논객은 자객이 되어 정의의 칼을 버린다
>
> 논객은 자결을 한다, 허물만 벗어 놓고
>
> ―「논객」 전문

표제시 「논객」에서 시인의 자유 의지를 보다 명확히 잘 알 수 있다. "논객은 혀가 녹슬고 칼끝이 휘어진다/ 논객은 자객이 되어 정의의 칼을 버린다"의 맥락에 주목해 보면 시대에 대해 적극적으로 저항하지 못하고 훼절한 굴욕적 삶처럼 보인다. 그러나 처음에는 "평화의 검을 마음에 품고" 다녔고 "천둥을 베고 번개처럼 일어"서는 용기와 결단을

지녔다. “불의를 쫓아 신검을 휘두”르며, “위선의 땅에서 난세를 평정”했던 것이다. 그러나 그럴수록 더 완강하게 죄의 싹은 자라나는 법, 부조리한 현실은 얼마든지 존재하기 마련인 법이다. 결국 논객은 정의보다는 불의의 편이 되어 자객으로 변모되어 가는 것이다. 그러나 시인은 여기서 강하게 저항한다. 만약 자유의 정신을 지키지 못한다면 “자결을 한다”는 것이다. 허물을 뒤집어 쓸 수는 없다는 것이다. 죽음에까지 맞서는 청정한 정신과 곧은 절개가 이 시집을 관류하는 정신이라는 것을 알 수 있다.

3. 민초의 시대정신 – 역사에 대한 통증과 실천

또한 최영효 시인의 시편들은 잘 읽히면서도 뼈가 있다. 시대에 대한 통증이 있다는 얘기다. 가볍게 스치고 지나갈 만한 소재인데도 그 안에 시대정신을 담고, 친숙하고 서민적인 소재를 가져오면서도 그 근저를 살피면 옹골찬 민초의 정신이 생생하게 살아있다.

농부는 논두렁에 콩 세 알을 심었다

한 알은 벌레가 먹고
한 알은 날새가 먹고
한 알은
싹을 틔워서

남과 북이 나눠 먹지

—「통일론」 전문

아주 큰 문제에 속하는 통일의 문제도 아주 간명하고 쉽게 얘기를 한다. 콩을 세 알만 심을 농부가 어디 있겠는가, 더욱이 “한 알은 벌레가 먹고/ 한 알은 날새가 먹”으니 이는 자연으로 돌려주겠다는 뜻이다. 그런데 남은 하나는 “남과 북이 나눠 먹”는다고 한다. 두 알은 싹을 틔우지 못했는데 한 알은 “싹을 틔”우니 의미가 있다. 이것은 혼자 먹는 것이 아니고 나눠 먹는다니, 열매가 맺어진 것은 다 나눠 먹는다는 말이다. 담겨진 뜻을 다 헤아려 보면 그 의미가 적지 않다. 북이 먹는 문제에 민감할 수밖에 없는 것은 기아선상에 놓인 사람 수가 부지기수이기 때문이다. 먹고사는 문제가 「통일론」의 가장 첫 번째 의제라는 것이다. 먹는 것으로의 통일을 시인은 주장하고 있는 것이다. 같이 한솥밥을 먹는 것이야말로 신뢰의 첫걸음이고 그 지점이 통일의 첫 걸음이 된다는 것이니, 이 단시조에 담긴 뜻이 크다고 하지 않을 수 없다.

흐리고 우울한 날엔 청바지를 입어라
낡아도 질긴 근성 청춘보다 더 푸르러
두 손을 호주머니에 푹, 찌르니 참 붉다

너 헤진 자국마다 상처가 스쳐가고
불꽃이 밤을 태워 하얗게 새벽이 와도

슬픔은 아름다웠다 고뇌도 희망이었다

가난과 이별과 실패의 마른 눈물
아플 것 하나도 없다 아직도 붉은 청춘 너
옹이는 오래 굳어야 맨발로도 뛸 수 있다

―「붉은 청바지」 전문

「붉은 청바지」에는 '청바지'가 갖고 있는 상징적 의미가 함축적으로 잘 형상화되어 있다. 그것은 두 가지의 의미를 내포하고 있다고 판단되는데 그 하나는 서민성이라고 볼 수 있다. "가난과 이별과 실패의 마른 눈물"의 존재인 것이다. 못나고 곤궁하고 늘 실패하는 하층민의 삶과 함께 살아온 존재라고 볼 수 있다. 다른 하나는 무엇보다 젊음과 희망을 가진 존재라는 것이다. 현실이 어렵더라도 거기에 굴하지 않고 "낡아도 질긴 근성 청춘보다 더 푸르러" "참 붉"은 존재인 것이다. 그러기에 "붉은 청춘"이고 "맨발로도 뛸 수 있"는 도전적인 혈기가 넘치고 있는 것이다. 「달은 지다」라는 작품에서 이 혈기는 '보리'와 '수막새'로 그 의미가 확장된다.

빗돌에 새긴다고 다 청사는 아니리

보리는 오늘도 자라 황산벌에 푸르러도

패검에 푸른 녹 슬면 자루부터 썩는 것

울어라 수막새 한 점 소리 내어 울어라

계백은 쓰러져도 그 피는 땅에 스미어

아직도 흙이 못 되어 두 눈 뜨고 있었느냐

―「달은 지다」 전문

땅에 스민 계백의 피가 흙이 되지 못하는 슬픔과 져버린 달의 배경이 처연하게 살아온다. 굵은 톤의 목소리가 장중하게 시 전체를 지배한다. 나라를 위합네 하는 위정자들의 알량한 술수를 "패검에 푸른 녹슬 면 자루부터 썩는 것"이라 몰아붙인다. 계백의 굴하지 않는 정신이 사라진 것이 아니라 오히려 생생하게 살아 있음을 증언하며 "울어라 수막새 한 점 소리 내어 울어라"고 주문한다.

손끝에 힘을 모아 씨마늘을 심는다
언 땅의 어둠에 울고 설한에 사무쳐도
괜찮다, 아무 일 없어
어미의 땅이란다

나는 네 심장 속에 오기를 심었거니
나는 네 씨눈 속에 향기를 심었거니
땅심에 뿌리를 묻은, 너는 별 땅의 아들

세상의 크기는 네 눈과 비례하고
세상의 색깔은 네 마음과 한 빛이다
세상이 무한대라도

네 가슴에 안겨 있다

—「육쪽마늘」 전문

세계적으로 우리나라만큼 마늘을 즐겨 먹는 민족은 드물다. 『본초강목』에는 "마늘을 날로 먹으면 노여움이 발동하고 삶아서 먹으면 음란해지므로 삼가야 한다"고 씌어 있다. 음식에는 거의 빠지지 않고 들어가는 양념으로 날것은 아린 맛이 나고 독하다. 독하면서도 아린 맛을 시인은 "네 심장 속에 오기를 심"은 것으로 얘기한다. 마늘에는 유황을 함유한 아미노산인 알리인이 들어 있는데 다지거나 썰면 효소에 의해 알리신으로 변하고 독특한 냄새가 나는 다아릴설파이드가 생긴다. 한국 공항에 내리면 외국인들은 이 마늘 냄새가 난다고 한다. "네 씨눈 속에 향기를 심었거니/ 땅심에 뿌리를 묻은, 너는 별 땅의 아들" 마늘처럼 한국인을 한국인이게 하는 것은 없으리라. 시인은 여기에 더 큰 의미를 부여하여 "세상의 크기는 네 눈과 비례하고/ 세상의 색깔은 네 마음과 한 빛이다/ 세상이 무한대라도 네 가슴에 안겨 있다"고 말한다.

초승달 파란 눈썹이 당신 계집 맞다케도
나는요 이날 평생 옆눈질은 모르구만요
내 간을 보일꺼구마 생사람 잡지 마이소
보이소, 저 암코양이 소원 좀 들어보이소
아무개 발정난 거 내 진짜 봤지만도
누구 개 누구 개라고 입 한 번 안뗐구만요

복사꽃 환한 봄날 내 아내 손잡고 간
비봉산 발자국 둘 달도 다 봤다카이
내사마 증인도 있고 알리바이도 있다카이요
기왕지사 말났응께 터놓고 하는 말인데
씨 없는 그 수박이 저명인사 씨라 카데요
나는요 두 눈 딱 감고 달만 보는 사람이라요

—「처용의 봄」 전문

「처용의 봄」은 삼국유사의 〈처용랑 망해사〉조에 전해져 오는 "처용" 설화의 현대적 해석을 바탕으로 한 작품이다. '처용'을 어떻게 보느냐에 따라 수많은 논문이 나와 있지만, 아마 가장 주된 것은 역사주의 방법으로 당대의 역사를 설화적 문맥과 빈틈없이 연결하고 있는 벽사 이우성 교수의 견해일 것이다. 득세한 지방 호족의 아들이고, 볼모로 잡혀온, 실권이 없는 인물로 보는 것이다. 이 작품 역시 이러한 해석에 근거를 둔 작품이라고 할 수 있다. "내사마 증인도 있고 알리바이도 있"어도 "입 한 번 안뗐구" "두 눈 딱 감고 달만 보는 사람"이 될 수밖에 없는 처용의 존재는 현대에 있어 소시민들과 같은 존재라고 할 수 있다. 지배층에 언제나 머리를 숙일 수밖에 없는 배경도 경제권도 없는 일반 서민들의 표상이 바로 처용이라고 할 수 있는 것이다. 시인의 자세는 지배 권력층에 머리를 조아리지만 그러나 할 말은 다 하는 바른 입을 가진 사람이라는 것이다. 이러한 굽히지 않는 정신이 결국 벽사진경僻邪進慶의 풍속까지를 만들어내게 되었을 것이다.

최영효 시인의 작품 세계를 일별하면서 모두에도 밝혔듯 그의 서민적이면서도 자유를 추구하는 시 정신은 21세기 한국의 시조가 걸어 나가야 할 하나의 방향을 제시하고 있다고 볼 수 있다. 토박이 지역 정서를 가지고 있으면서도 역동적인 시상과 유연한 가락을 지니고 있다. 연속성과 단절성의 미학을 추구하며 이어질 듯 끊어지고, 끊어질 듯 이어지는 의미의 중첩과 강조가 이어진다. 이러한 외형의 유연성만큼이나 그의 작품 세계는 자유 의지를 추구하며 낮은 자의 위치에서 시대에 대해 아파하고 증언한다. '붉은 청바지'와 '보리'와 '수막새' '육쪽마늘'의 서민정신을 가지고 있다. 앞으로 최영효 시인의 시 세계는 분명 더 높고 넓은 경지로 나아갈 수 있을 것이라 확신한다. 아울러 자기 목소리를 더욱 감칠 맛나게 구현해 나갈 것이다. 왜냐하면 앞서 살핀 서민정신과 자유정신이 시인의 기저 자질을 단단하게 형성하고 있기 때문이다.